Mae 'na Dwyn fy Mhyjamas

Cerddi Ganol Nos

gan Gruffudd Owen

a Beirdd Plant Cymru

Golygydd: Llio Elenid

Darluniau gan John Lund

Gwasg Carreg Gwalch

² Cynnwys

Cyflwyniad

Be sy'n digwydd yn ystod y nos? Wel lot fawr o bethau a dweud y gwir! Mae rhai yn cysgu ac eraill yn methu cysgu. Mae rhai'n gweithio ac eraill yn breuddwydio. Mae rhai yn cael parti ac mae eraill yn barddoni!

Dyma gasgliad o gerddi dwl a difyr gennyf fi a rhai o gyn-Feirdd Plant Cymru (sydd hefyd yn greaduriaid digon dwl a difyr!) am yr holl hwyl a helynt all ddigwydd yn ystod y nos.

Mwynhewch!

Gruffudd Owen

Mae 'na arth wedi dwyn fy mhyjamas

Mae 'na arth wedi dwyn fy mhyjamas.
Wn i ddim wir beth i'w wneud.
Dwi'n ystyried cysylltu â'r heddlu,
taswn i ond yn gwybod be i'w ddweud.
Mae 'na arth wedi dwyn fy mhyjamas
ac mae hi'n cysgu'n fy ngwely drwy'r pnawn,
mae 'di sglaffio'r holl jam yn fy nghegin
fel tasan ni'n nabod ein gilydd yn iawn!

Mae 'na arth wedi dwyn fy mhyjamas.
Dwi ddim digon dewr i ddweud "dos";
gall eirth fod yn bethau reit ffyrnig,
hyd yn oed mewn dillad nos.
Mae 'na arth wedi dwyn fy mhyjamas ...
... ond go iawn dwi'n reit fodlon fy myd
achos mae swatio 'fo arth mewn pyjamas
yn brofiad ofnadwy o glyd!

Gruffudd Owen

Pi-pi ...

Dwi yn fy ngwely bychan ...
a dwi isio gneud pi-pi,
a dwi'n trio peidio meddwl
am holl donnau gwlyb y lli.

Dwi'n trio peidio meddwl
am lif yr afon faith,
na balŵns llawn dŵr yn byrstio,
na thap yn dripian chwaith.

Dwi ddim yn mynd i feddwl
am y gwydryn mawr o bop
sy'n llifo mewn i 'mhledren
a'i llenwi reit i'r top.

Byddai pi-pi yn fy ngwely
yn reit neis ... am 'chydig bach,
ond dwi'n gwybod yn fy nghalon
na fyddai'n werth y strach.

Dwi'n llusgo'n hun o'r gwely
(mae'n dipyn bach o slog)
ac anelu (yn reit gywir)
drwy'r t'wyllwch tua'r bog.

Mae'r rhyddhad yn arallfydol!
Y teimlad brafiaf yn y byd!
A dwi'n llithro ag ochenaid
yn ôl i 'ngwely clyd.

... mae 'ngheg fel cesail camel;
gwell yfed bach o ddŵr.
(Wnaiff un gwydryn bychan
wahaniaeth mawr, dwi'n siŵr.)

Dwi jyst â mynd i gysgu
yn fy ngwely cynnes i ...
... o na, na, plis, dim eto –
... dwi isio gneud pi-pi!

Gruffudd Owen

Mae pawb yn cysgu rhywbryd ...

Mae'r Ll'godan fach yn cysgu,
a'r Eirth 'di swatio'n dynn,
a'r Defaid mân sy'n chwyrnu
yn braf ar ben y bryn.

Mae'r Llew yn fflat fel crempog
ers rhai oriau yn y sw;
mae'r Jiraffod 'di hen nogio
a chewch chi'm sens gan Gangarŵ.

Mae'r Gyrrwr Bws fel delw
a'r Brifathrawes ar ei chefn;
cewch regi'n groch o'i blaen hi
heb iddi ddweud y drefn!

Ac mewn gwely crand yn Llundain
mae'r Cwîn mewn clogyn coch
yn pendwmpian tra bo glafoer
yn llifo lawr ei boch.

Mae pawb yn cysgu rhywbryd –
y da a'r drwg fel un,
mae'r rhan fwyaf yn llai o drafferth
ynghwsg nag ar ddi-hun!

Gruffudd Owen

Twrw trên

Rhywle, rhwng cwsg ac effro,
mae twrw trên yn taranu
heibio gwaelod y gwely.
Dwi'n estyn am ei gynffon
ac yn ei ddal
gerfydd y troli bwyd.

Mae'r troli'n hen ac yn 'styfnig
ac yn siarad iaith nad ydw i'n ei dallt,
a dwi'n cael y joban ddiddiolch
o gasglu'r teithwyr i hen gwpan papur –
rhag ofn i rywun ddisgyn rhwng y bylchau
sy'n sŵn clicydi-clac y trac trên.

Dwi'n trio talu am docyn
efo tameidiau o fflwff
o boced fy mhyjamas ...

... tydi'r Giard ddim yn hapus.

Ond yn y diwedd mae o'n argraffu tocyn
sy'n debyg i frechdan, ac mae o'n deud:
"Iawn."
Cyn fy rhybuddio:

"Ond mae'r pwll wedi cau tan y Pasg."

Dwi'n codi sgwrs hefo dwy ddynas ddiarth,
sydd eto'n gyfarwydd,
ac maen nhw'n awgrymu
cael cinio hwyr
yn Vladivostok
(lle mae Nain yn pobi sgons
i Ferched y Wawr),
ac maen nhw'n siŵr y bydd rhywun yno'n
gwybod
lle rois i fy ngwaith cartref Saesneg.

A jyst wrth i bethau ddechrau gneud synnwyr,
jyst wrth i mi ddechrau mwynhau'r daith,
mae'r troli'n llithro o 'ngafael,
a dwi'n sylwi ar y distawrwydd,
a bod sŵn y trên wedi hen ddiflannu dros y
gorwel
gan lusgo ei gargo o freuddwydion
i ben arall y lein.

Gruffudd Owen

Y SHIFFT NOS

Pan fydda i'n cysgu,
mae Mam yn y 'sbyty,
am fod rhywun mewn gwely
ei hangen o hyd.

Mae'n tendio i'w chleifion
ar hyd oriau duon
gan rannu ei moddion
yn galon i gyd.

Pan fydda i'n breuddwydio
mae Mam wrthi'n gweithio,
yn gafael mewn dwylo
ac yn mwytho nhw'n iawn,

ac am wyth yn y bora
mae Mam yn dod adra
i dynnu ei sgidia
ac i gysgu drwy'r pnawn.

Mae'r llygaid blinedig
a'r galon garedig
a'r dwylo gosgeiddig
yn ffisig i gyd,

ac mi wn bydd hi heno,
pan fydda i'n breuddwydio,
ar y ward eto'n nyrsio
am fod hi'n werth y byd.

Gruffudd Owen

Fuoch chi 'rioed i'r lleuad?

"Fuoch chi 'rioed i'r Lleuad?"
Wel, do, mi es mewn bwcad!
Roedd awydd gan fy nhedi bêr
i ddysgu'r sêr i siarad.

Am athro da 'di Tedi,
a'r sêr yn dysgu'n handi,
a ninnau'n cael ein talu'n dda
mewn hufen iâ a jeli!

Ond glanion ninnau'n galad
mewn llecyn ar y Lleuad.
(Er bod fy nhedi'n gwybod lot
mae'n beilot reit ddibrofiad.)

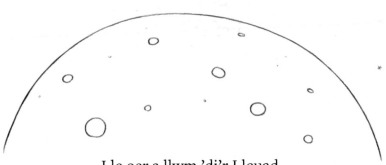

Lle oer a llwm 'di'r Lleuad,
a nunlla'n cynnig panad,
na chacan gri, na sosij rôl ...
... Es syth yn ôl i'r bwcad.

Wrth deithio 'nôl o'r Lleuad
bûm i a Tedi'n siarad:
"Sa'n lle bach iawn i fynd am dro
'tae yno rywle'n 'gorad!"

Gruffudd Owen

Yr orsaf ofod

Ar fwrdd yr Orsaf Ofod
Nid oes yr un prynhawn,
Na bore, nos, na thrannoeth
Nac echddoe, ond mae'n iawn:
A'r Ddaear yn y ffenest,
Â'r dyddiau heibio'n llawn.

Eurig Salisbury

Y lleidr lliwiau

Wrth i bob aderyn glwydo,
Tra bo'r ci a'r gath yn swatio,
Wrth i'r pentref gau ei ddrysau
Dyna pryd daw'r lleidr lliwiau.

Daw i mewn i'm llofft yn sydyn
Gyda'i frwsh a'i baent lliw Llipryn
Ac yn ara' deg a phwyllog
Mae pob peth yn troi'n undonog.

Ara deg ac fesul tipyn
Mynd mae'r oren, glas a melyn,
Llwyd yw'r llyfrau, llwyd yw'r llenni,
Llwyd yw'r enfys o bosteri.

Yno, yn fy stafell ddiflas,
Heb na choch na phiws na gwyrddlas,
Gorwedd wnaf gan dreulio'r oriau
Yn ceisio dal y lleidr lliwiau.

Ond pan fydd y wawr yn torri
Rwyf yn teimlo fel dweud 'Sori!'
Wrth y mwddrwg cyfrwys, clyfar,
Wrth weld popeth eto'n lliwgar.

Mei Mac

BREUDDWYDIO

Rwyf wrth fy modd pan ddaw y nos
ac amser mynd i'r gwely,
mi wn fod antur fawr ar droed
wrth i mi gau y llenni.

Rwy'n dweud nos da wrth Mam a Dad,
rhoi sws a chwtsh i'r babi,
gan gau fy llygaid, ffwrdd â fi
ar grwydr tan yfory.

Efallai af i lan i'r sêr,
neu i'r môr ar gwch ysblennydd,
i jwngl gwyllt neu syrcas fawr;
pob nos mae'n antur newydd.

Ambell waith caf freuddwyd gas
i 'neffro a fy nychryn,
ond mynd yn ôl i gysgu wnaf;
caf freuddwyd brafiach wedyn.

Ac yn y bore af ar wib
tra 'mod i dal yn gysglyd
i ddweud wrth Mam a Dad a 'mrawd
holl hanes gwych fy mreuddwyd.

Casia Wiliam

Ffaelu cysgu

Lleuad yn pipo drwy lenni fy llofft;
pwdin neithiwr yn troi yn fy mol
a'r cloc yn taro hanner nos.

Siâp ffenest yn croesi'r wal ar ras,
a char yn rhuo heibio
gan lusgo cynffon o sŵn ar ei ôl.

Ac yna, mae'n dawel eto,
heblaw am fy nghalon
yn bwrw hoelion yn y gwely ...

Rhaid dianc o'r blancedi
sy'n gwlwm amdanaf
ar ôl oriau'n troi a throsi.

Mas, felly, o'r gwely-sauna

Ac wedi ffwdan yr agor ffenest
Dwi'n gwagio'r meddwl yn dawel

wrth anadlu awel y nos ...
A honno'n gyffur cysgu braf
Wrth fynd i 'ngwely yn ôl.

Ifor ap Glyn a Blynyddoedd 5 a 6
Ysgol Carreg Hirfaen, Cwmann

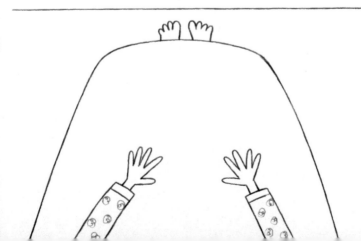

Canol nos

Ganol nos, rwyf ar ddi-hun
ac yn holi i mi fy hun
y cwestiynau mawr bob un –

Pa mor dywyll yw bol buwch?
Pa mor uchel ydyw 'uwch'?
Pam mae gwallt y bore'n ffluwch?

Pam mae gan yr ogof geg?
A oes tylwyth sy'n annheg?
A yw 'byrgyr' yn air rheg?

A yw sŵn yn fwy na sain?
A oes inc ar draed y brain?
A yw Dai yn llai na Nain?

Beth yw union werth y byd?
A yw talu'r pwyth yn ddrud?
Ai bwyd Pritt yw pryd ar glud?

Ai'r un peth yw 'Cer' a 'Dos'?
Pam mae Jedi'n hoff o'r ffos?
A oes canol gan y nos?

Ceri Wyn Jones

Cyfri defaid

Dwi'n methu'n glir â chysgu,
mae gormod ar fy meddwl
yn mynd rownd a rownd
fel chwyrligwgan,
yn fy ngyrru i'n ddwl.

"Tria gyfri defaid!"
... yw'r cyngor pob tro.
Felly dwi'n dychmygu
pob dafad yn prancio'n ddel
tua'r clawdd
ac yna'n neidio drosto.

Un, dwy, tair ...
cyfri i 'niflasu ...
saith, wyth, naw ...
ydw i'n disgyn i gysgu?

Daw un ddafad i stop ar frig ei naid
a throi i edrych arna i.

"Oes rhaid?" mae hi'n gofyn.
"Oes rhaid i ni neidio fesul un trwy'r nos?
Pam na chawn ni orffwys,
cael paned a thost,

sgwrsio a hel straeon
ac atgofion da
am gael ein cneifio'n foel
ar gyfer yr ha'?"

Daw'r gweddill yn awr i swnian fel hyn:

"Neu beth am gêm o bêl-droed?"

"Dwi'n giamstar ar guddio ..."

"Mi fyddai'n well gen i gael chwarae efo'r Lego."

Mae pob dafad, mwyaf sydyn,
yn fy stafell wely,
yn cyffwrdd fy nheganau,
yn hefru a brefu.

"Wel dyma grys-t hollol cŵl ..."
meddai un wrth fynd trwy fy nillad
a thaflu'r cwbwl.

Mae un arall yn agor a chau'r llenni.
Maen nhw'n wyllt, yn wirion,
yn chwerthin ar fy mhen i!

Defaid! Defaid!
Defaid ym mhob un man!

Dwi ond yn gobeithio
fod y cyfri wedi gweithio,
ac nad ydi hyn yn ddim byd ond breuddwydio!

Anni Llŷn

Heno

Heno caf sglaffio crempog
gan Fodryb Elin Ennog,
a mynd a wnawn i ben draw'r wlad
i brynu dafad gorniog.

Heno mi af i holi
hen fenyw o Gydweli,
a rhannu'i losin hyfryd hi
â Sioni Brica Moni.

Mi briodith Siôn a minnau,
bydd cyrn ar bennau'r gwyddau,
a mynd a wnaf o'r gwely hwn
at dderyn y Bwn o'r Bannau.

Heno mi af i forio
yn bell mewn padell ffrio,
a hwyrach mynd drot-drot i'r dre,
hwrê – mae'n bryd noswylio!

Mei Mac

Hanner nos

Mae hi yn ganol wythnos
A dwi'n nhŷ Nain a Taid,
A heno, am ryw reswm
Dwi'n cael aros ar fy nhraed.

Fel arfer erbyn saith o'r gloch
Dwi yn fy ngwely clyd
Ac ar nos Wener dwi'n cael mynd
Am wyth o'r gloch o hyd.

Ond mae hi'n NAW a mae fy nain
Yn nôl y pop a'r creision
A neb yn swnian arna i
I fynd i 'ngwely'n brydlon.

A rŵan mae hi'n DDEG o'r gloch
Ac ydw, dwi'n dal yma!
A chyn pen dim mae'n UN AR DDEG –
Be gebyst sy'n mynd mlaen 'ma?

Am hanner nos, mae Taid a Nain
Yn codi a chyhoeddi,
"Mae'n amser am y foment fawr!"
Ac yna'n dechrau cyfri ...

10 9 8 7 6 5 4 3 2 1

"BLWYDDYN NEWYDD DDA!"

Mae pawb yn canu nerth eu pen,
Yn gweiddi ac yn cwtsio,
Ond bydd rhaid aros blwyddyn gron
Cyn caf i wneud hyn eto!

Caryl Parry Jones

Aros lan

Heno wy'n mynd i aros lan
i ddala'r sawl sydd ym mhobman

yn chware 'i dricie drwg o hyd
yn ystod y nos tra cysga'r byd.

I ddechre, caf inne wbod yn syth
pwy sy'n gorchuddio'r ardd â gwlith

erbyn i fi ddihuno'n y bore
a gwneud i fi dimlo ar 'y ngore?

Shwt y gŵyr pob un dylwythen deg
fy mod i 'di colli dant o 'ngheg?

Caf ddala'r cadno cyfrwys, Sioni Cwsg,
yn gollwng cwyr i'n llyged cyn ffoi drw'r drws.

Gwelaf Siôn Corn, os na chysga i winc,
yn golchi 'i wydyr sieri, yn gwrtais, dros y sinc.

Caf inne'r holl atebion yn y man
achos heno wy'n mynd i aros ...

Aneirin Karadog

Yr olaf ar ei draed

Mae lle i bump ar y soffa;
Mae ar siâp 'L';
Mae'n ddwfn, yn feddal ac yn glyd
Ac mae'n braf, am sbel.

Mae'r bychan bach yn mynd i'w wely am saith.
Ffaith – nid achos llawenydd.
(Rydan ni'n blant sy'n caru'n gilydd).
Ond byddwn ni'n dweud am saith,
(heb fod yn gas na sbeitlyd chwaith):
"O, Huw, edrych ar y cloc – mae'n saith!"
Ac mae Dad yn dweud, "Huw, gwely – AR UNWAITH!"

Dydi'r bychan bach, wrth gwrs,
ddim eisiau mynd i'r gwely;
Mae'n cornelu rownd talcen y soffa
ac yn dal i anelu
at y cartŵn.

"Dim hen sŵn," meddai Mam. "Gwely a chysgu;
Bydd yn ddigon anodd dy godi di fory!"
Toc, mae Dad yn dringo'r grisiau,
Sws nos da a diffodd y golau.

Mae'r un yn y canol, ar noson arferol,
yn mynd i'w gwely am chwarter i wyth;
Gyda llais mor felys â ffrwyth
rwy'n dweud, "Wel, wel, mae'n chwarter i wyth!"

Mae'r ganol, yn naturiol,
eisiau i'r noson fod yn un anarferol,
Ond mae Mam yn dweud, "Siân, DIM HEN LOL!"
Toc, mae Dad yn dringo'r grisiau,
Sws nos da a diffodd y golau.

Soffa i dri. Dyna'r un i mi.
Ond naw a ddaw.
Taw piau hi.
"Hei! mae'n ddeng munud WEDI NAW!"
"Gwely!"

Sws nos da, ond does neb yn dringo'r grisiau.
"Paid â deffro'r rhai bach!" Dim golau!

Does gan Gwm Idwal a'i Dwll Du
ddim dychrynfeydd tebyg i risiau'r tŷ;
pob gwich mewn pren
yn llygoden fawr yn fy mhen;
Beth yw siafft hir Pwll Mawr Blaenafon
wrth ben landin tywyll llawn llofruddion?
Rwy'n clywed twitj wrth deimlo'r switj ...

Ond na, yr olaf ar ei draed –
o ddeunydd di-ofn y'i gwnaed!
Nid yw'r nos yn oeri'i waed ...

Myrddin ap Dafydd

Clywed canol nos

Yng nghanol nos gyda golau'r dydd yn ddu
daeth oriau'r gweld i ben ar hyd y tŷ.
Daeth gweld, am 'chydig amser, i ben ei daith,
ond mae'r synhwyrau eraill i gyd ar waith.
Rwy'n clywed cân y nos ar frig yr awel
yn dod ynghyd mewn melodïau tawel.
Rwy'n clywed blas y dydd yn dod i'w ddiwedd
o'r llaeth cyn clwydo i flas y brwsio dannedd.
Rwy'n clywed arogl byw drwy'r ffroenau mân
o sebon coch y gawod i'r dillad gwely glân.
Rwy'n clywed y gobennydd yn feddal ar fy moch
fel sibrwd tawel, tawel ac nid fel gweiddi croch.
Mae'r gweld yn mynd i gysgu yn yr hwyr,
ond pob un clywed sydd yn effro'n llwyr.

Tudur Dylan Jones

Ganol nos

Mae'n ganol nos yn Fferm y Rhos
A'r teulu'n cysgu'n glyd
Ond drwy y tŷ mi glywaf i
Bethau sy'n ddirgel eu byd.

Mae 'na lygod yn cripian drwy'r gegin
Yn snwffian am fwyd dan y bwrdd,
Ond pan ma' nhw'n ogle y caws yn y trap
Gyda gwên ma' nhw'n cilio i ffwrdd.

Mae brigau'r hen dderwen tu allan
Yn crafu y ffenest yn dawel,
A sŵn rhyw dylluan fel ysbryd y fall
Yn cwhwfan yn drist ar yr awel.

Mae'r pryfed cop yn gweu tywyllwch
Yng nghorneli'r stafelloedd mawr du,
A lawr wrth y tân wedi blino yn lân
Yn cael hunllef mae Pero y ci.

Mae'r cysgodion sy'n gwgu'n fygythiol
Yn ddigon i'ch danfon o'ch co'
Ond yr unig un yma sy'n crynu'n ei drôns
Lawr y sclar ... yw fi'r ... BWCI BO!!

Dewi Pws

Malwoden

Mae rhywun cyfoethog iawn
yn dod i'n tŷ ni bob nos,
rhyw fath o angyles
na wn i ei hanes –
dim ond am ei hanrheg dlos.

Rwy'n credu'n agos at siŵr
mai rywsut drwy ddrws yr ardd
y bydd hi yn sleifio
o'r lle bynnag mae'n cuddio,
cyn gadael ei harwydd hardd.

Oherwydd, bob bore bach,
toc wedi toriad y wawr,
wrth syllu'n ofalus
rwy'n canfod ei mwclis
o arian yn sownd i'r llawr.

Mererid Hopwood

Haiku y gwdihŵ

Ei sgrech yn llyncu
tamaid o'r tywyllwch du
a'i droi'n lliw porffor.

Ei llygaid yn syn.
Chwilio a chwilio o hyd
a'r byd yn chwyrnu.

A phlu ei hadain
yn siffrwd yn yr awel:
"Brenhines y nos!"

Anni Llŷn

YSTLUM

Ystlum, yn dy ystum
Ben i lawr
Mewn ogof neu atig
Ers y wawr,
Wedi cau d'adenydd
Fel cau ymbarél
Ac ymhell o edrych
Yn beth bach del,
Be sy'n dy gadw
Yn llofft dy dŷ?
> *Disgwyl tywyllwch,*
> *Disgwyl y du.*

Ystlum, pa ystyr
Sydd i beth fel hyn?
Pam na chei ben
Ac ysgwyddau gwyn?
Pam na chei adain
Yr eryr balch?
Pam na chei lygaid
Y barcud neu'r gwalch
Wrth iti hela'n
Y coed a'r rhos?
> *Gwell na'r golau*
> *Yw sŵn y nos.*

Ystlum, yn ystod
Ein sgwrs fach ni,
Llonyddwch y machlud
Sy'n dy ddeffro di;
Mae llwybrau duon
Yn agor o'th ddôr,
Atsain cysgodion
Yn dy glustiau yn gôr;
Mae'r nos yn ein hymlid,
Rhoi clo ar ein dydd ...
    Dyma fy llygaid,
    Dyma fi'n rhydd.

Myrddin ap Dafydd

Fy nŴfe

Draw, yng nghwm fy medrwm i,
yn gynnes, y mae gen-i
ddŵfe â chant o ddefaid
a sêr y nos arno'n haid:
hwn yw cae sgwâr cwsg o hyd,
dŵfe breuddwydio hefyd.

Pan wy'n oer, ei lapio wnaf
yn dynn, dynn, dynn amdanaf,
a phan ddaw'r dydd rwy'n cuddio
yn y den o dan ei do:
rhag stŵr Mam grac, rhag storm gre',
fy nhŷ haf yw fy nŵfe.

Lle rhag y lleill yw'r gell hon
o gyrraedd brodyr gwirion:
lle bach crand, fy nghyfandir,
fy nghwtsh rhag crafangau hir;
fy nyth heb ofn, ni waeth be',
fy nefoedd yw fy nŵfe.

Ceri Wyn Jones

BYWYD BRAU LLEIDR PEN-FFORDD

Roedd y gwynt yn afon o dywyllwch
Yn llifo drwy'r brigau uwchben
A'r lleuad yn llong o fôr-ladron
Yn hwylio cymyle'n y nen.
Roedd y lôn yn rhuban ole-leuad
Yn plethu dros y comin llaith du,
Pan glywyd sŵn ceffyl lleidr pen-ffordd
Yn carlamu fel y diafol a'i lu,
Dyn ffyrnig a chreulon
O dref Aberaeron
Yn marchogaeth ei gaseg wen ...
Ond fe'i saethwyd yn farw
Gan ŵr o Nantgarw
A fel 'na daw'r hanes i ben ... sioc ynte?

Dewi Pws

Canol nOs

O'r holl lythrennau, dwi'n ffan mawr o'r 'O's
A dyna pam dwi'n hoffi canol nOs.
Lle fydden ni heb lythyren gwych fel 'O'?
Rhaid ei rhoi ar ddiwedd 't' os oes angen to.
Mae 'i' 'n rhy fain, ac 'a' sy' lot rhy fawr,
ond 'O' sy'n dwt, fel cloc sy'n cyfri'r awr.
Mae'r llythyren hon o hyd yn gwneud y trO,
Mae 'O!' yn ebychiad, ac yn gwestiwn ... 'O?'
Yn 'hoffi' mae bob tro yn dod cyn 'i',
does dim dechrau, does dim diwedd iddi hi.
Mae 'O' yn werth y ddaear fawr yn gron,
ac allai'r byd ddim troi heb un fel hon.
mae 'nghanol bOd, a chanol potel sOs
a dyna pam dwi'n hoffi canol nOs.

Tudur Dylan Jones

Yn nüwch nos

Pan fo'r byd wrthi yn cysgu'n sownd
a'r dydd yn hir yn dod 'nôl rownd

a phan fo'r nos yn hawlio'r tir,
daw'r düwch yn fyw, ar fy ngwir.

Ond nid yw'n peri ofn i mi
gan mai cyfeillion yw'r cysgodion, wir i chi!

Y bwsytfil blewog dan fy ngwely?
Treuliwn oriau'n trafod beth sydd ar y teli.

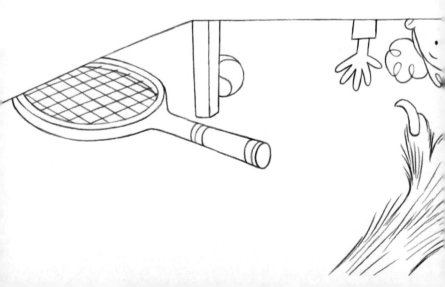

Y gath fach slei sy'n ymladd o hyd?
Bu honno'n canu grwndi imi a minnau'n fy nghrud.

A tw-whit-tw-hw y gwdihŵ o'r goedwig draw?
Wel mae hi ond yn gofyn os ydw i angen help llaw.

A'r hen wyneb o fraw sydd gan y lloer?
Nid yw'n ddim mwy na rhybudd o noson oer.

Yn wir, hyd nes y gwelaf eto'r haul
gwn fod, yn y nos, gysur i'w gael.

Aneirin Karadog

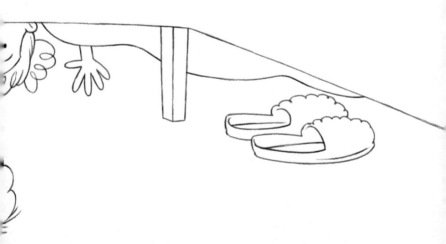

Cyfrinach nyth y nos

Os yw'r awel yn dawelach – yn nyth
    y nos mae cyfrinach:
    cyn bo hir daw canu bach
    ag alawon goleuach.

Mererid Hopwood

Llonydd i sgwennu

Arhosa di yn ddigon hir,
Drwy'r dydd i gyd, a dweud y gwir,
Pan na fydd lleisiau lond y tŷ
Yn chwerthin neu'n dishmoli'n hy,
Dim *Stwnsh* dim ffilmiau Disney mawr,
Dim sŵn newyddion ben bob awr,
Dim tabwrdd traed o'r llawr uwchben
Na gwichian cwyn ar loriau pren,
Dim suo ceir fel murmur drôn
Ar gwr y clyw o ben y lôn,
Sŵn peiriant golchi, sŵn y gwres,
Sŵn tynnu stôl, sŵn tincial pres,
A phan na fydd ond tician twt
Y cloc i'w glywed i ddweud shwt
Y dylai pobl drefnu'r dydd ...
Ie, dyna'r amser gorau sydd,
Rhwng oriau mawr ac oriau mân,
I ddechrau sgwennu geiriau'r gân.

Eurig Salisbury

Cysgu Draw

"Mam? Ga i bump o'm ffrindiau i
I aros draw ryw noson?
Ma nhw 'di gofyn ga' nhw ddod.
Ma'u rhieni nhw yn fodlon.

S'nam raid i ti neud dim, 'sti, Mam,
Fe gadwn o dy ffordd di,
Mi gawn ni jips o'r siop am fwyd,
A ffilm ar y teledu.

A phan mae'n amser gwely, Mam,
Fe awn ni gyd i gysgu
A hynny'n sownd, drw'r nos, wir yr,
Pump angel bach yn chwyrnu!

Ac ar ôl noson dda o gwsg
Fe godwn fore wedyn,
Gwisgo amdanom, brecwast da
A gêm bêl-droed fach sydyn.

Plis, plis Mam, plis ga' nhw ddod
'Mond am un noson fechan?
Mi olcha i'r llestri bob un dydd,
Heb gwyno a heb arian!"

"O! Harri bach, fy nghariad gwyn,
Cael ffrindia draw i gysgu?
Pawb i'w gwlâu yn hogia da?
'Sa hi 'mond mor hawdd â hynny ...

Achos y gwir amdani, mêt,
'Di lot o sŵn a thrwbwl
Drwy'r oriau mân tan doriad gwawr ...

achos ...

DACH CHI'M YN CYSGU O GWBWL!"

Caryl Parry Jones

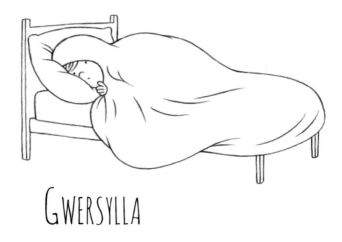

GWERSYLLA

Arferwn deimlo'n ofnus
pan ddôi y dydd i ben,
bwystfilod ac ysbrydion cas
a fyddai'n llenwi 'mhen.
Beth sydd o dan y gwely?
Pwy sy'n sleifio lan i'r sinc?
Er i mi drio 'ngorau
ni allwn gysgu winc!
Tan cefais fynd un diwrnod
ar antur hollol wych,
i gysgu allan yn yr ardd
mewn pabell rhwng y gwrych.

Ac wrth i'r oriau basio
a minnau'n swatio'n braf

rhwng Mam a Dad a'r t'wyllwch
un noson yn yr haf

ni welais yr un bwystfil,
na'r un bwgan hyd y lle,
dim ond y sêr a'r lleuad
yn sgleinio uwch y dre.

A nawr nid wyf yn ofnus
pan ddaw y dydd i ben;
mi wn fod gen i gwmni da;
pob un o sêr y nen.

Casia Wiliam

Canol nos

A minnau'n methu cysgu
bydda i'n trio datrys pos –
beth yn union ydi ystyr
yr 'o' ynghanol n**o**s?

Ai 'o' siâp ceg yn sgrechian?
neu 'o' gan rywun syn?
A gwelaf bethau eraill
'nghanol geiriau bach fel hyn:

gwelaf 'gi' ar ganol s**gi**o
– mae'n fy nghadw ar ddi-hun,
fel yr arth sydd yn fy ngh**arth**en
sydd yn methu cuddio'i hun.

gwelaf ŵyn yn eu cad**wyn**i,
yn brefu bod nhw'n gaeth;
a'r ing sydd ymhob dr**ing**wr
sy'n fy ngwneud i deimlo'n waeth!

Ond mae grym ymhob aw**grym**iad
ac mi sylweddolaf i
'bod 'ni' yn rhan o bob sy**ni**ad –
a daw cwsg i'm llygaid i ...

A chyn dechrau chwyrnu'n dawel
gwn fod ateb hawdd i'r pos –
dylyfu gên yw ystyr
yr 'o' ynghanol nos!

Ifor ap Glyn

Llyfrau eraill y gyfres gan Feirdd Plant Cymru

Dwy Gyfrol Anni Llŷn:
1. Thema Chwarae
2. Thema Gwyliau

Dwy Gyfrol
Casia Wiliam:

3. Thema
Deinosoriaid

4. Thema Byd
Natur

5. GWIRIONI AR FARDDONI

GAN

CASIA WILIAM

YMARFERION BARDDONI HWYLIOG

Argraffiad cyntaf: ⓗ Gwasg Carreg Gwalch 2020
ⓗ testun: y beirdd 2020
ⓗ darluniau: John Lund 2020

Rhif Llyfr Safonol Rhyngwladol:
978-1-84527-774-1

Cyhoeddwyd gyda chymorth Cyngor Llyfrau Cymru
a chydweithrediad Bardd Plant Cymru

Cynllun clawr: Eleri Owen
Llun Gruff: Llenyddiaeth Cymru/Camera Sioned
Darluniau clawr a thu mewn: John Lund

Cyhoeddwyd gan Wasg Carreg Gwalch,
12 Iard yr Orsaf, Llanrwst, Dyffryn Conwy, Cymru LL26 0EH.
Ffôn: 01492 642031
e-bost: llyfrau@carreg-gwalch.cymru
lle ar y we: www.carreg-gwalch.cymru

Argraffwyd a chyhoeddwyd yng Nghymru